山崎修平詩集『ロックンロールは死んだらしいよ』によせて

美しき矛盾のかなたへ

黒瀬珂瀾

詩集の栞文でいきなりこんなことを書いていいのかという気もするが、「定型」という言葉を聞いた時に何を思い浮かべるかは、その人の背景によって大きく異なるのだな、と至極当然のことを思い返している。僕個人の貧しい実感に拠る推論に過ぎないが、多行詩いわゆる自由詩を専らとする人にとっては「定型」とは五七調もしくは七五調のリズムすなわち韻律を指すことが多いのに対して、短歌俳句などの定型詩を専らとする人にとっては「定型」とは作品が限定された文字数つまり三一音なり一七音なりで終了することとすなわち作品が一行で一旦完結することを指す場合が多いように見受けられる。だから詩人歌人俳人がいきなり「定型」について対話しだすと大体の場合で意思疎通の段階で齟齬が生じる。そしてその齟齬を昇華する形で自由詩と定型詩の融合を目指した詩作者の系譜というものがあって、これは石原吉郎や多田智満子といった人のように自由詩と定型詩をそれぞれ別途に創作した詩作者の謂とはまた違い、一作品の小宇宙の根底に多行詩と一行詩の矛盾を同時に注ぎ込む詩作者の謂である。そして、山﨑修平はその系譜を新しい精神で塗り替え、ひっくり返してしまったニューカマーなのである。

僕は「未来短歌会」というグループで選者という役割を果たしているがこれはつまり何人かの歌人の作品を預かり誌面にどう配置するかを勘案する担当編集者のようなものと思っていただければいいかと思う。そして山﨑さんが「未来」誌に発表する短歌作品を（今のところ）担当しているのが僕であり、ここ数年ずっと彼の短歌を読み続けてきた。

部長以下新入りバイトに至るまで名札がすこしずれているのに　「未来」二〇一六年一月号

改札のとなりで眠ったおっちゃんに鳩は次々寄り添ってゆく　同

君を殺めることとなき生になることの巣を張る蜘蛛は

つねに眩しい　　　　　　「未来」二〇一六年五月号

軋轢はあるのでしょうね3分を待てずに食べた麵の

硬さに　　　　　　　　「未来」二〇一六年十月号

といった短歌作品がふと思い浮かぶ。山﨑さんの短歌には現在の低予算低燃費な現実社会を生きる人間の生活感があり、とても優しい視線を携えていながら相当の暴力性を秘めている。いうなればそれは祝意と敵意の混在であり、世界の調和と安寧を祈るがゆえに逃れがたい軋轢に襲われる日々を徒手空拳ながらに闘って乗り越えているような、そんな抒情を感じてならない。

そして僕らが注意せねばならないのが、そんな短歌の世界を単に多行詩に移行させたのがこの詩集――では決してない、という点だ。山﨑さんが短歌を営々と作りながらも多行詩を書き綴ること、それは短歌の一行一行を終えるごとに訪れる詩の小さな死を看取る連鎖の中からさらに流動してゆく詩を紡ぎ出す営為に思える。一行の死と多行の生が合致してゆく、そこに山﨑さんの多行詩のかつてなかった詩情の発露がある。例えば「ぬるい春」で詩の一行一行が短く改行されゆく中、唐突にその改行が訪れることにあらがうように言葉が流れ出すいくつかの行、そんなさりげない転調の底に山﨑さんがこの世界に投げかける独特な視点と優しさがあるように感じてしまう。

祝祭はつねに喪失とともにやってくる。「美しい日々」の詩行に浄化されてゆく人間たちのつながり。それらが最終段落で〈歓喜の列〉に連れられ、〈扉を開け〉て歩き出すまでのこの「美しい日々」という詩作品に満ちているのは生の小さな断絶の連鎖であり、その断絶があるがゆえにかけがえのない日々の風景が生まれ変わりゆく。おそらく山﨑さんの詩篇が追い求めているものの一つが〈矛盾〉であり、〈葛藤〉であり、それらが存在するために生まれる世界の美しさなのではないだろうか。「飛翔した都市の内部構造について」や「朝のはじまること」といった詩作品にもそういう美しさの追求を思う。

やはり、山﨑さんは、この見えない世界の見えなさがよく見える人なのだろう。社会の、人間の愚かさ、醜さ、弱さ、くだらなさを深く知ってしまい、それに対する己の裡の怒り、苛立ち、蔑みをさらによく知り、感情を抑えられない己の弱さを強く自覚するために浮かび上がってくる世界への優しさ。「楽譜には描かれていない音」や「甘い踊り」といった詩作品の言葉の穏やかさの奥から浮かび上がるほのかな不満感と怒り。「ロックンロールは死んだらしいよ」とうそぶくときの、小停止のさらに向こう側に表れるはずの時間を希求する心。弱さを知ることの矛盾の強さをこの詩集から受け止めながら、この一冊は弱さを知らぬことの弱さが蔓延する今だからこそ、そして今を経て訪れるあらゆる未来の時間で読まれねばならない、そう信じてみたくなる。

書く者の希望について

中尾太一

「美しい日々／天使の跳躍／スンの近くに／ぬるい春」――流れがいい、でももう少し文章で繋いだほうがいいな、山崎さんなら――などと思いながら読んでいた「序詩」は、なんのことはない目次ページの「タイトル」だった。それらが独立した一篇の詩として読まれるように、という意図はあるわけがないにしても、作者の意識が丁寧に文字の大きさやフォントに反映されているのか、疑うことなく「詩」の図像だと思い込んでしまった。どうしても「序詩」として読みたかったというのもあるだろう。自分が今書こうとしていることに対する理解や直感、そして洞察が山崎さんにはあると思ったからだ。山崎さんの詩をこれまで多少は読んだことのある人間からすれば、彼は自分の詩をよく把握しているように感じられる。少なくとも自分の詩がどういう性格を持つべきか、現在の彼に迷いはないように思える。ならば「序詩」は書ける。その可能性はタイトルの並びが持つ一貫性や面白さを偶然ではなくさせる。それをあえて詩行として読めば作品の中の主体の立ち位置や呼吸の仕方だってこちらに伝わってくるし、詩集の掉尾に至るまでの「あなた」への肯定性さえも予感させる。

好きな一篇を挙げる。「映写技師は自転車が好き」。ここには文章の幸せがある。形として見れば七つの小さな散文詩集であり、それぞれの（ほとんどの）末尾に使われる倒置法は、継続という意味あいではなく、次の連＝空間にただ開かれている。つまり文は絶えずパートとパートを自由に行き来する（「交通」「歩行」もこの詩集を読むときに大切になってくる言葉だ）ことになり、そこで読み手は一種の心地よさを感じることにもなるのだが、それらの文が突如として物語を形成し始める瞬間がある。語の使い方を含めて見逃してはいけない。それまではパートの末尾の語法によってふと開かれた文の空間に何も警戒することなく進んでいけばよかったが、最後の三連については、その直前の連の末尾で例外的に使われた断定形、すなわち「遊びの午後は気の向くままに映写技師は自転車が好き」の不意がもたらしている緊張を受けて読むことになる。ここから何かが始まると読者は思うのだ。「予感」あるいは「期待」の時間が始まる。作者が作品をどういう結末に持っていくのかという意思と自分たちが出会うのはその時間においてだ。では山﨑修平は最後の三連をどうしたか。とても無防備で飾らない、今の自分の文体で表現できるかぎりの文章の幸せを書いたと、僕は思うのだ。つまり「わたしにとってのあなたのいる日々」に起こったことのすべてがこの一篇にある。読み手はそれをあらゆる角度から見られるわけではない。電車に乗りながら街の景色を眺める。大きなビルが視界を塞いだと思えば次の瞬間には別の風景に切り替わっている。街が美しい、と思う。山﨑さんの詩はそんな街に似ている。だけれどいちばん美しいのは「あなた」や「あなたのいる日々」だ。山﨑さんはそれらを美しく書きたいと思った。あるいは「わたしにとってのあなたのいる日々」を貶めたくないと思った。半分推測でものを言っているが、読み手は読み手の意思や望みと重なっていく表現によって作品を理解し始める。逆に言えば作者に意志や望み、希望がなければわれわれは自身のそれを見つけることは出来ない。読み手がそれぞれの希望を発見するだけの「言葉の人格」は今、作品に宿っているだろうか。夢は言葉として形成されているだろうか。そんなことを思いながらこの詩集を読んでいた。そして僕は山崎さんを信頼しようと思う。

ところでこんなことを言いたくなった。まだ山崎さんが雑誌投稿時にその作品に触れていた者としての気が抜けないのか、あるいは自分に言って聞かせようとしているのか分からないが、「負う」ということについて。おそらく山崎さんにも「負うもの」がある。それは山崎さんが第一詩集を書き上げたこの時代だったり、作中の「あなた」だったりすると思うのだが、それらは時間の経過やその都度整理されていく情報、知識によって単調に記述されるだけのものになるかもしれない。だけれど自分が分かち難く関わったものに落とし前をつけるのは自分自身でしかないので、ときおり作品の「名」のことを思い出して欲しい。今は明らかになっていない「意味」の叫びをそこに聞くだろうし、山崎さんが大切にした「あなた」という言葉もまた、きっと何かをつぶやいているはずだ。それらが「書け」と言うから「書く」、ただそれだけの己の命を自分たちは授かっている。

ロックンロールは死んだらしいよ

山崎修平

思潮社

目次

装幀　中島浩

ロックンロールは死んだらしいよ

乾季のみ客を受け入れる街の隅に置かれた毛布はひとつの哲学

ちょうど炭酸が切れたころにやってくる
レコードを荻窪で買っておかしな服を着て
初対面の抽象的な絵画あるいは人の列、解釈不能なすべて
そのどれもが僕らにとって幸福な時間だった
もう一度会えるなら、排他的な円卓に向かいながら
乾季のみ客を受け入れる街の隅に置かれた毛布はひとつの哲学となって
最低な日々のことを苦々しく笑うバスの後部に座る夕方の
例えるならどうしても愛のことに違いなくて
けれどどうして君はまた都市の先端まで歩くんだ
もう失くしたはずだ、もう救われたはずじゃないか

僕は空に迫った。甘味の失われたガムは捨てない

求愛は確かになだらかな丘だから
朝食を国道沿いのファミレスで、笑顔を交わす人たち
僕がUとセッションをしていたころ
これに違いない花や間違っても構わない贈り物を受け取っていた
そして、残されたものはこれでした。ひかりのことを

爆破させてみた何度も何度でも転びながら
愚かで冗長だと思うだろうありふれた真夏の慰めなどはいらない
しきたりと建前のあいだに手作りのポップなチョコレートがあって
君に貰えて嬉しかった。ひとつの秘密を共有することから始まるなら
あまりにも「常識的」じゃないか？　そして歩道は歩くためにある
ライブパフォーマンスは始まったばかりで七番は今日から僕らの友人になって
きっと触れても嗅いでも舐めても偽物に近いと信じていたから

ありったけの力で持ってスネアドラムを叩いた

金輪際愛について語って欲しくないね兄ちゃん寒すぎる夏になっちゃった
歩いて家まで帰りますお金ないから
一瞬のことでした

甘くわずかに酸っぱい匂いを放ちながら人に違いない生き物と
僕らは感情や昨日の虹の断裂について語った
そのときすべての間違いなくすべての祝福を受けて
君をちいさな異世界のよく動く生き物だと思った
そして花を手渡すひとつの誠意となる朝

美しい日々

でも最高だった。二日並んで買ってそれがはじめてだった。最初はなにかわからなくて。勧められたから。赤くて大きくて波の上で揺られているような人でした。吐き出しているひとは讃えているひと。ある日は路上で、ある日は美術館の前の植え込みへ。やっと来日するみたい。行く？　行くかも。

午前1時7分。部屋の外を一台の原付が走り抜ける。乾いた匂いのする部屋。東京を埋め尽くすほどの無塩バター、あるいは音楽雑誌を用意してくれ。すべてを愛したいと無責任なことを言ったボート乗り場で、キッチュな階段の前で。

「抽象的な話ですが」と前置きをして彼はゆっくりと話し始めた。偶然良く会う人と、会いたい人と、初めて会った人が全員天使だったんです。上手から下手の順に客席に向かって笑ってください。もっと大きく。良いなあ最低じゃないか。天使は、もう長く長く帰ってしまったらしくて残された灰皿とカシューナッツ。冷蔵庫に貼られたありふれた付箋。「最近はデジカメでも結構よく撮れるもんなのよ。綺麗に。憎たらしいほどに。」

憎たらしいほどに綺麗に。

震える指は首都高速で降りたあとのランプとどこかの国のチーズの包装が同じ色で、たまたま二人が聴いていている曲が同じだったから。それと油絵の話し、猫の話し、紙粘土と、海苔の佃煮の話しだった。

汚いな

きれいだな

ペットボトルの水はもったいなくて捨てられなくて飲み干すんだ四弦が切れた日の午後に飲むアイスカフェラテとミニマルミュージック。

もう赦してあげなよ

それに、
最初からなにもかもが赦されているのだから
かわいいいね。その。甘栗の殻が。

すっかりと忘れてしまっているようだった。
二階のファミレスでの会話、電車での旅とも言えないようなわずかな時間の会話、そして蒸せ返るような春の朝のこと。「けれど、」コーヒーが届いた。「すごい、楽しかったことは覚えてるすごく」

十代はね、溶けて。

二十代はね、流れ出すのよ。


美しく不安定な音程のまま動物を飼いならしていた。薄く燃える人を愛して。静かに弔う必要がある。ベーコンエッグと仏和辞書と湯上りの鼻歌のために。切り取られ整えられた花を愛した。けれどそれでも私には赦されないことだ。明滅を繰り返す交差点の信号機を前に。「無くした！　無くしたんです」と男は叫び無くしたものを僕らは探した。紺色の財布。

紺。

記憶のなかの祖母のなかの記憶。あるいは、全く知らない街のある人の記憶でも良い。

わたしは今、紺について考えていた。

使い古されながらも上質な質感である革の色である紺について。記憶とは未来に向かって歩くときに振りかける臆病なときに勇敢な香辛料である。

少年は、電車が好きでした留まることがなくてこの場所に初めてギターの弦を替えた日のこと雨の匂いと英語の試験はやく走り過ぎだよ疲れちゃうだろ後半戦この場所から先輩いつかジュース代返しますね深い息継ぎの後にこの場所で

駅に行く時には毎日この曲を聴くの
毎日？
毎日。
もう何年かな、
ずっとこの曲しか聴いてない
うん。
いつか曲ではないものが
こうなることを探してる
まさかね
かっこつけすぎでしょ
それに、

この曲、なんて言ってるの
わかんない
おめでとうとか
お腹減ったとか

十代はね、溶けて。
二十代はね、流れ出すのよ。

君と、喪ったものについて話している。ある日の朝、祝祭の日の朝に。私のすべては手渡したあとだからもう何も恐れない。君はすべてを喪うことができる。外には歓喜の列を成してちぎってはちぎっては投げちぎっては投げて微笑むひとたちがいる。扉を開け歩き出すと渡り鳥が糞をして飛び去った。冗談のような美しい日々へ。

天使の跳躍

春の葬送にふさわしい音像に
彼の集めた胡桃は脆く
紅茶にジャムを溶かす毎日
それを〈ロシア風〉と教えた人は
肥大する街に嘔吐するだろう
決して覗いてはならない
建物に付着した愛撫は
週末の夜に懺悔するしたり顔の電信柱
傘は避暑地を目指すときに
彼女は生きていたいと呟く

上質なホワイトノイズではあったが
消音されなければならない
けれども
確かに愛される理由はあった
やがて音は広がりをみせて
あなたは狂うのをやめた
天使は臆病にパンの切れ端を彼に手渡して
寂しくなってしまった
自転車の前かごにリンゴを載せて
交差点で振り向く
（演劇的に半ば承服しかねる雰囲気）
中指をのばすあなたの
最低な記事を載せた新聞紙に
包みましょう
炎を浴びる受話器を

どうして
私たちはアーケード街で
逢ってしまったのだろう

岩塩とモダンジャズの偶然の出会い
から夜は明けとっくに君は恋をしている
歩道橋において夕陽を慈しむ
〈社会集団〉のひとりとして
魚の死骸に新しいひかりが注ぎ込まれ
わたしは〈指導者〉の誘いには応じない
ターミナル駅で〈契約〉を振りほどいた
川を埋め立てた緑道の先にあるギャラリー
Lは、その僅かな訛りを残した甘い声
ホットサンドを頬張っている
Lとの関係性において重要な

公園の朽ちたベンチ
使い込まれた万年筆
食器を重ねたときに生じる高音域
北欧の、
残響音を特徴とした、
音楽、
あなたの好きな小動物の名前、
彼女は
ゴミ箱にほどこされたアートを指差す
五角形の角は
ほどよく丸く削ぎ落とされている
生殖能力を持たないテーブルの上のスープ
ベーシストとしての私は
島国の中の号令を良く耳にした
心地よい号令を

ヴィンテージシンセサイザーの
サイン波とトライアングル波を
私は経験し得ないことである
図鑑の動物とのまじわり
彼らはそれを〈愛〉と幾度となく言う
かえすがえすも伝えることだが美化された
カフェで、
便所で、
映画館の植栽の前で、
暗喩のなかで、
打ち寄せる波の色に藍が増すなかで
低域の音像をキープし続けている
四十男に近づく春は
ひどく傷ついていた
それは誰の眼にも明らかであったし

春にとっての
祝祭の予兆の知らせに
浮浪者はそのとき
聖書の一節を唱えた
はじまりは色の薄く仄かに甘い水を
口移した記憶であった
ぼろぼろのヘッドホンは
下地まで見えている
彼はいつも愛されていた

私は常に川である
いつか統一された様式を打ち破る日まで
彼らを抱き寄せる用意がある
花咲く都市の片隅のなかに
触れられるのか

触れられはしないのか
分からない微小な虫は飛んでいて
それを見て安心したあなたは
ゆっくりと呼吸を整えて
確かな質感を持つ
フライパンに溶けた動物の脂を指で掬い取りわたしに見せた日の
朝の記憶

スンの近くに

およそ集められるものはあらかた集めた
遠く汽笛の聴こえる街から
安全上危ないから下がって欲しい
スンは頬を膨らます
手足の長さのバランスと
舌足らずの話しかた

毎朝、死者を悼むと言うから
毎朝なのかと訊ねる
いいえ、年に一度だけ

湖上の祭りの日のみは祈りはしない
なぜなら帰って来る日なのだから
酸味のきついスープだ
とても美味しい
どこへ行くどこから来たこれは楽器ですか

肥大化する夜にスティーヴ・ライヒを
裏切りの無い拍を打つ信号機のために
国道246号線の角に立つ彼女の帽子
今朝、自意識は膨張しやがて死を迎え
繁茂する苔に遭うその美しさについて

帰京。
高架駅から見えた一組のカップル
古いアナログミキサーに貼られたシール

（94年9月9日最高の夜！！）
ホットドッグには「大量のマスタードを」
スタッフパスを首からかけて
既に境界は無い！
なんだってこんなに良いもんなんだ
肩を抱いて言ったんだ
さきほどまでの晴天は
すっかり土砂降りで
背広姿で戦を決めているから
決して間違ってない狂人が湯浴みをする横で
確かに僕は息をしながら
イエローマジックオーケストラの素晴らしさを語りもう一度あなたを抱きかかえた
スンの近くに
白く薄い膜は広がり
それを見ながらして

通り過ぎた
群衆のなかに
敵なんていやしないんだ
かつての恋人や恩師の姿はあって
首都高速で飲むペプシコーラばかりを
好きとも言ってられない最近で
そんなくだらないことやめてしまえよと
何度でも言ってやろうか？
ラッキーガールはすごろくの出た目によって
泣いたり笑ったりするし
卵かけご飯の醤油を
選ぶだけで幸せになるから
スンは分厚い辞書を片手に
いつでも「きみの発音は甘いよ」と
言ってもらって構わない

スン
あなたは何者だ
あなたはどこにいる
あなたは呼吸をするのか
あなたはカブトムシの幼虫に触れられる?
スン
確実に摩耗してゆく自転車の前輪ブレーキを
スン
そんなに慈しむなんて
スン
園庭の花の名前を三つ覚えて振り返ると
溶けた金属は空をすっかり染め上げて
エレベーターも戦闘機もすべて
喪失した部分を指差して
微笑むものだから

僕はおかしくて
おかしくて
スン
スンの近くに花を掲げよ

ぬるい春

未明のぬるい春ばかり愛した
とてつもない逃走を企てながら
フィルムのほうが質感は良く
それが僕らのきっかけとなった

もう一度来てくれるときのため空けておく席に
ビートを（正直に）刻みながらも首を傾げた
確かに、ペーパードライバーみたいなへっぴり腰だ
ポテトチップスを口に運びながら言う
街じゃない自転車で通う街じゃない映画を観に行った帰りみたいだ

笑っている
最悪なバンドサウンドだろ来てくれた御礼に一曲かました
最後までユウは戻ってこなくてオレンジジュースが半分
立ち退きのオーナーが可哀想だ
君たち、君たちはさ若くて。

小雨だ
僕は相変わらず逆回転の言葉を探している
ここにいてはならない
汚れたバス停に置いてある籐の椅子、ビリヤードの帰りにすこしだけ話せた
やっぱり僕のほうが悪かったなと思う明日謝ろう

ずいぶんと反抗的な優しさ八百屋のキャベツの瑞々しさ
だらしなくていつも優しくてずるい
それでも信じられないかなしい踊りでしたね

彼女にとってホームから見えるビールの広告から貰う勇気について
僕はタワーレコードで買ったCDや死や公園やにわか雨やキャラメルについて
それは必要のない着飾ってもいないぬるい春の日
ばらばらに歩いても結局出逢ってしまったときのような顔をして
抗って捧げてしずかに
世界は、と大きく構えたあとの肥大化する僕の手のひらにある
誰しも真実であると垂れ流している
透明な傘や波止場へ
拡散していくひかりをそれでも信じていたい

つまり僕や君のすべてを台無しにしてしまうような
甘ったれた覚悟のことだ
僕はここに立つことに決めた最後までここに立つよ
守る者や守られる者というバカげた話を捨てて
君は弓なりに硬球を投げているその軌跡を見た

Lは良いやつだった、それは誰しも感じていた
力についていて大きく蛇行する川の岸に立って
あぶく銭で食べる炭水化物
でも、やっぱり好きなのだと思う

飛翔した都市の内部構造について

限りなく停止状態と意味を付しても構わない
内情は惨烈であり
兵士は既に概念であり
命の限り反旗を翻す
溶けた私たちを抱きかかえるようにして
乗り込むバスに新たな指令が下るだろう
それなのにそれゆえに愛おしいのは
少年の手にする未だ破られてはいない空と雨のあわいに
一筋のひかりの
駅前の雑居ビルの二階から

こぼれていくのを
あなたが教えてくれたからだ

地中海気候のもたらした柑橘類は
触れるところからすべては始まっていて
一昔前の流行語を口にする愛らしさ
もはや整列を促すことは喜劇でしかない夜に
最適なレコードを聴く
あなたは西側のとびらを好む

例え話を交わしたあとに
意識せず口にする戯れ言のこと
その独り言のようなそれでいて
わたしに発せられたこえを
二人して器に留める時間の

とうとい予感に必要のない武具だ
たとえこの船は向かわないとしても
無くてはならないひとだ
階級をなくした白米を研ぐせなかの
ちゃんとしないと壊される民家の
やわらかな蜜柑の木の果実の
恩師の休日のうみぞいを走る自転車の
落ち着いたこえと終着えきでの
ささいな喜びのやり取りの
あなたではないといけないの
溶けてゆく輪郭の見なれない横顔の
揚げすぎたコロッケの
端がすこしかけた石段の
背くらべの
犬か猫か分からない猫の

饒舌な子猫の
バラバラにしてふれて納得したらなおすの
はじめての祈りの怠惰な午睡の
友の友の友の婚約と死までの
「地図を見て来て迷わないで」の
旋律はあかるくコード進行から外れないの
それって当たりまえなことの
やっぱり迷ってしまったの
変わらない口ぐせの
でたらめな夢占いの
本日三度目の挨拶の
急行は先に参ります

都市だ

東京を観るんだ

エレベーターは下降をはじめているけれど逆立ちをしている彼女にとっていつだって上昇を意味するそんな笑い話からもう一度きみの人生を始めよう泥のような感情をバラバラにしていた末広町のサラリーマンの背広の肩は濡れていて公園の鳩は弔われている展望台に向かって僕らは歩く颯爽とバラバラにしたあと区別はしないで欲しい危なくて戻れなくなるような会話のあとに東京を観るんだ超高層から東京を僕らは観るんだそしてフィルインしたドラムから吐き気のように垂れ流されている愛だというから襟を摑んで殴りかかろうとしていたもちろん彼にも彼女にも非はなくてそれだからこそ淋しかったし嬉しかったのだと思う永遠に転校生を続けるような何か一つ大きなことをしでかすことを考える夜のような浅はかで偉大なパーティーの始まりにあなたを招待したのは紛れもなく時代である

ならばそれでも構わない例外事項を担うバンドサウンドにはちょうどうんざりしていたし海でも無人島でも望むところだフレッシュジュースを零しながら文字通り四方八方にまき散らしながら年を重ねるゆっくりと目覚めながら

朝のはじまること

花の頃合いを見て花を摘めば花は香りのみ残して斃れる、あなたの自転車から
真っすぐに伸びた光
違いなど求められるはずも無くて仄かに香る白桃の産毛を撫でている、天窓から
降り注ぐ
あなたの火とのはじまりを告げるために
もう構わないでくれ。アスパラガスに歯をあてると市場でふざけ合うふたり、そ
れでいて臭気のような強い夏の陽射し、母音の多い魚料理を今日は頼もう

三半規管にみぞれを感じるころ海を臨む料理店より便箋あなたより知ることはやさしさ

一度流出したら取り戻せない融解した金属のなかからあなたの愛する街の入り口はひらくその予感その祝砲として幸ある音を鳴らすトロンボーン

ショッピングモールに取り残されたとうもろこしを食べる少年「すこし立ち止まりなさい」負傷した電熱器から夥しい量の愛が溢れて来る歩きなさい立ち止まりなさい歩き出しているなら

乾いたら最上の織物になる（今年の冬のあなたの）ものを持って来た隣人は鳴いたカナリアが好き、ソワレのあとに歩き回る僕らは二つ先の駅まで行こう

萎縮した都市の一部を模型のようだと指差してラーメン屋の短い髪のおばさんの変わらない脂のついたジーンズと黒いスニーカー、七フレットのB音が遅れてい

るもう一度僕らは合わせないとならない放射状の街の中心に立って（集まってくる）たくさんの光と友人

僕らはすべての生きている腐臭をすべての感情を受け容れないとならない、そんな無理をしなくても良い好きなものを食べに行こうよ

演出助手は電車がS字カーブに差しかかるころ減速する車内で金平糖を皆に配り始める、俺なりのルールと何度も言って君は近代都市を三センチ壊してしまう

空は肩の線よりわずかに上のところにまで近づき人は思ったよりも白色に近づいている生きものそして何度でも間違えて赦されて冬の新しい言葉通りの祝祭

簡単な会話のあとに誰かの好きだったJポップをとびきり明るくうんざりするようなJポップを笑いながら肩にもたれて

今朝のラジオノイズは幾分穏やか花を摘めば花の香りはあなたに移り唐突な雨降りのあとにゆるやかな坂道を照らす誰しも信じられないほどの論文の報せ教えてくれるときの陽光の眩しさ

あなたの音は私にはなれない

アート・リンゼイを聴いていた昼過ぎにあなたの核となる部分に触れた。触れたような気がした。弔う人が列を成すときにわたしはまた小さなやさしさをひとつ手にしてしまう。彼はいつだって「僕ら」と口にしていた。ひかりに戸惑いながらひかりの芯をいだいて集合体となる都市の先端にいて。振り向くと蒸せ返るような花束の響く音がするそこに傅く少年へ捧げられたものについて。

随分と経ったのだから、もう良いのだろうか。花を左手の薬指と小指の間に挟みばらばらにする。ちょうど世界が目覚めたときに心地よい大きさの傘を手にして駆け寄ってくるあなたは柔らかな春キャベツを刻みながら壮絶な死について語る。食卓で頬杖をついている。違和なく春の先端にいる可笑しさ。

それにしてもあまりにも丸く暖かな空のしたにいる、例えば旅先の港で一葉の写真を撮るときに偶然居合わせた彼についての話をしたい。酔いながら細い手首とそれに合わない大きな掌をしていた彼について。

音楽家として何が出来るのか或いは何が出来たのかについて家路の近道の階段で二人は話をしている。白い学生鞄と調律の狂いやすいギターを脇に置いて。ここで問うことにしよう、どうしてあなたの音は私にはなれないのですか。滲む地下駅に向かいながらバッハの管弦楽組曲を流す。どうして、と。

好まざる人はいるがそれは都市のなかのシステムであり嫌う人はいない、僕はあなたにはここにいて欲しいと呟けば路面電車は湿った落ち葉を巻き込みながら走る。この落ち葉はどこの落ち葉かな、ここの落ち葉ではないよねと、ふざければ誰かの置いた（捨てたわけじゃない）缶コーヒーを蹴飛ばす遊びをずっと観ていたい、そのときまたおいでよ。

これからの僕たちは無論、即興演奏が主体となる。私たちにはそれは可能だ。少なくとも三日間のあいだ春を七つ名付けるからどうやら秋にはやさしくなれるだろう。あなたは何もしなくとも構わない。そうだ、小さな赤いお茶碗を欲しがっていたね。

抑制の効いたビートにサンプリングされたヴィオラの音を重ねる信号機は赤のまだ青い服はさっき帰った僕らは横断歩道を渡りきる前に手を振ったさ全力でね電車を降りるときにも必ず手を振ったさそりゃ嬉しいからさほかに何の理由がいるのだろうどうだろう何を望んでいるんだ僕らはそこまで持ってはいないから何を望んでいるんだだから彼女は言ったんだはじめての人ばかりいるどこかの広場の祝祭に向かうために向かう歩いて向かうとそのとき初めて「僕ら」ではなく「私は」と言った今たまらなくあなたのことが好きだ汚い宝石を磨きながら地下鉄の出口で同じパンを食べて同じコーラを飲んで少年と肩を組むんだ僕はね。

音楽

地下鉄の花を抱いた人の
やがて水滴となるまで
待つ許嫁はあらかたの
世界に名を付け終えて
微笑み肩を寄せ合っている
手渡したあなたは
朝を伝えようと
ハムサンドをほおばった

彫像に手を差し伸べる陽光と

直ちに固まりつつある信念に
彼は赤く澄んだ飲料水を選ぶ
必要のないものは削がれた街の
しかしながら少年の追い求める鳩に
駄賃としての空砲をうつ
恍惚した夏の大通りにいる二人は
手を繋ぎそして駅に向かう
車掌は腰をかがめ彼らに挨拶をする
使い古された水筒を抱く幼児は
すべてはもう赦されたあとなのだから
立ち止まってはならない
ゆっくりとお眠りなさい

氷雨の劣情は限りないものであるから家具職人に惚れ込む午後たまらずに外濠の
ボート乗り場に向かう二人のために指揮者は踊る手荒れを気にしている九官鳥の

ためのサブレを手渡す最初に号令をかけたのは金管楽器奏者のMであるから情報統制ののちに抱擁しナップザックに燃え広がる遠浅の海は死者を蘇らせる写真家の残した万年筆のみで描く教会にはじめて人を愛した略式化された儀式に則り生姜焼き定食を食べる商店街とオーボエ奏者の購入した土産物は高校生水泳選手の奇麗なターン原色のまま噴き出しているパンクロックのために生きる決意を示した感情は夜明けを待つひとつの小さな街のようなものの花を手にするあなたと見守るダンゴムシと小松菜を抱いて盆踊りに出掛ける今日もまた天気予報は外れてしまったからストライプのハンカチを持って来る約束いますぐ君は薄くバッハのブランデンブルク協奏曲の二番を流すおかしな嘘ばかり言う首都高速道路のたった一度の優しい想い出を伝える古本屋のジャズバーでの予想しえない内閣不信任案とお気に入りの髪ゴムと今月の僕に残された一枚のラフスケッチとベースのE弦と形の良い洋梨を好きだった彼女は踊る踊る踊る踊る銀のグラスを渡したあとに踊る踊る踊る踊る踊る香りを移したあとの香草と踊る踊る天窓から空を観てきみは今日生きる

あるときは部屋に
あるときは街に
偏在している
やさしさについて
カボチャのパイを食べながら
やっぱり君はとてもいいやつだ
乾いた底面をなぞる指先
光源まで人差し指が届くほど
今日の僕らは浮かれっぱなしだった
今日は少し苦いコーヒにしよう
それからもう一度調律をしよう
ポップコーンをつまみながら
南のアパートのおじさん
はすこし怒ったままで
変わらないブリキのおもちゃ

懐かしくなんてないさ
これは今なのだから
摑みどころのない
無声映画を観ている
夜に無数の銃弾を浴びて
朝にでんぐり返しをして
着替えたら
さっさと生きろよ
夏の交差点
濡れたシャツを気にせずに
落ちついた色彩の文房具
東欧の消しゴムと胸のポケットが好きなひと
店の二階まるい樫の木のテーブル
明日も晴れのち
曇りだけれど

僕らははじめて
出会うでしょう

流出

浚渫されたばかりのそれでいて相応の時間を感じさせながら私は音楽家として立ち続けていく静かに暴虐と笑いながら私には余りあるほどの花を手折るそれは彼女と彼らと誓いそれと深い茶の色の椅子の望みのままに例えば万世橋のカフェや下北沢の舞台の帰りの光の泡のなかにある過去にすぎないことを食卓で地下駅で分かり合っている今となれば澄んだ誤解を美しさのことを彼は何一つ語りはしなかった韻律のなかにゆるやかな坂を登り橋の終わりかけたころブーツを僅か残して確かめていたそれはたとえ誰に言われるまでもなく彼女は春にふさわしく春に違いなかった彼の彼女の甘やかな嘘を僕らはゆるやかな反復を部屋は幾度も繰り返して映画の上映予告とともに信じられている明日の眩しさから目を離さずにいた

もう一度流出をはじめた。たっぷりと器に入ったスープを飲みほして小雨のようやく終わるころにそれをなんと呼べば旧友を祝いに出かけなければ一張羅を身につけて祝言をつむぎながら夏の終わりが秋に近づくころの白いバスタオルとクラフトワーク空は断続的に晴れまをのぞかせて生は主体的に都市に臥している抱き起こすにはいささか難儀な金色のいや、やや薄汚れた黄のおもちゃを彼に手渡した「男性名詞か」と訊かれたけれどこれはあなたの宝物だから私はもうそろそろ好きになってもおかしくはないころになっている新しい髪型にしたころに開店したパン屋と華やかな武器の数々を見せびらかしている少年はやく帰らなければ

色を捨てるな！　傘の柄からしずくの垂れてふるさとを見つけると赤い目印をつけている人と夕方に賭けをしている溶けはじめて次第に心地よくなる意識のなかで二人は、薔薇に合う踊りや俊敏な猿の置物／カサブランカの市場で売り出されている／このまま座ったままでも構わない／すみません山手通りで降ろしてくださいい／コーヒーのきつい匂いのする部屋の天窓から／僕は佐々木ではありません

／すこし冷え込むみたいだ明日から

ロックフェスの会場から辞書を片手に9月は訪れてはやく帰れと急かす言葉はいつもならべた器に用意されていてもうあなたと国道246号線のことを語ることなどできないはずだったあまりにも東京は東京の東京にと言うものだからおかしくて僕らは国道246号線のことを語るそれは言葉なのか一週間前に生きた老木のことあるいは雑貨店の店主のことあるいはトリスタン・ツァラのことそのなべてをひとしきり愛撫して緩やかに太く温かなベース音の鳴るクラブの飲めない酒のことを考えていた誰しもが天使であると思いながら抱きしめているのは電信柱であったり鰻重であった悪くない夕方にもう一度ここでもう一度はっきりと伝えなければいけない饐えた匂いのするアパートでDJは泣いていたどうすれば良いのか分かりはしないしハッピーエンドを誰も望んではいなかった形の良い白桃を壊さないようにして産毛に触れるときに雷雨だこんなときにも雷雨笑えよ彼と彼女は美しく吐きながらともすれば形の良い土偶のようになりながらそのすべてを視界に入る都市のすべてを迎え入れていたありがとう！　似たような飴色の鞄に

いつもよりすこしだけ秋になるころにもう一度会う日を楽しみにしている

駅に着いた僕はそのすべてを捨てることにした
もっと大きな音も、もっと小さな音も
そのどちらも弾み出しはじめて
今にも季節は変わりはじめた

映写技師は自転車が好き

朝、昨日も今日もきっと明日もそうなのでしょう、D国の花と飛翔体の飛翔角度は更なる日照角度を望んでいる、おそらく七階建ての石造りの建物の三階のベランダからドライフラワーは風に散っていく、散ってしまうのに、お客様の切符ではお客様の望んでいる駅には向かいませんけれども、わたしはそれでもそこに向かう、乾燥した地域特有の柑橘の酒をあおりながら短髪の男は古いジャズのウッドベースパートを口ずさむ、決して後退という語は用いないまま

ふざけて頬に塗る赤い果汁は三つほどの果実のうち一つのみから搾り取る細く長い指先の爪、ホテルＩの洗面台のタイルと同様、中指のみ、ぎん、銀であろうか指輪をはめている、サイズはあうことはなくあわせることもなくそれは最初から

決めていました、そう、薄火でじっくりと煮込まれた羊肉をほおばり、祖父母のころより通っているのです理髪店と文具店、今朝はあいにく断続的に都市部から農村部にかけて雨、傘は好きではない、どうして？　使われていない倉庫の中で初めて知る日の「召集」のラッパを合図にして

机から「金属鉱床成立要件」「バクテリアの繁殖」は散逸したまま私たちは薄い膜を持つ生物であり続け、郊外への二輌編成、ショッピングモールから気に入ってくれると嬉しい革の靴を二足、それに伴って泡立ちの良い石鹸を常備しておくことも忘れない、わたしは雨のことが好きだから

切り取った紙と切り取られた紙の間にピスタチオの殻を配置し汗を含んだシャツを未だ脱ぐことはしない獣の腹部への侵入、つまり海岸線をあの日はどなたもご覧にはなっていらっしゃらなかったゆえに祝宴へと導かれ、秘匿事項を装丁にほどこし参列者に贈る、遊びの午後は気の向くままに映写技師は自転車が好き

点眼鏡を用いて白黒フィルムの鑑定をしながら六枚切りの食パンを焼きアプリコットのジャムをつけて口に運ぶ、報告書の通りにくせ毛で優秀な彼が好きな居酒屋での歓迎会は、彼にとって忘れることはないと嬉しいのです、けれどグラスの氷が少しずつ溶けていくようにやがては　これはなんという　なんと名付けるべきもの

二回目の橋を渡るころにはすっかり動物になりながら水筒と動く歩道と照明写真と古書店店主のことを忘れずに書き記したあとにヘンデルを薄く流す、もう犬は驚きはしないこの部屋にわたしがいることを

あなたのいる日々は荒れ野を耕し種を蒔きやがて花が咲くまでの、点滅する信号から次の信号まで歩くわずかな距離を時間を、壁に貼られた手書きの音楽仲間募集広告への（ここに初めて来たときからあった）、旧街道をおろしたての革の靴で歩く二度転びそうになる人への、饒舌なカフェに起きた沈黙の瞬間にとって、量感豊かなファゴットを吹く真似をしている少年にとっての　わたしにとっての

あなたのいる日々は

あまりにも音楽的な

踊り

ひかりは窓から差してくるのはなぜだ
赦されてなお求めてしまうこと花屋のカフェの話の
微笑み
あなたに笑ってほしい
あなたの抱えているもの
過去は朱色、ひかりを帯びて
あなたはゆっくり起き上がり時をつかさどる
最初期の花のひとつに指を絡めて僕らは大きなものを背負わされていた

花は羽と変わらず羽に死が及んでいる
否、これは生への回帰というと笑う
青は感傷的な細い腕を持つ午後
伝えることを使命としている時計台
疑問形ばかりの季節は終わり（そしてそういう時代か、ふざけるな）
変わって動かない沃野
しかし、言い淀み言葉を継ぎ足さざるを得ない欲があるのだろう
愛し合っている、言葉で流し込んでいる
あるいはそこに至るとりとめもない日々のすべて
押し流し砕くような照準を定めた火器
儀式としての特徴のない味のハンバーガー

あなたの言葉では愛しているとはなんと言いますか
執行人は滅多に表さない感情をみせて微笑む
三階まで行ってしまって迷っちゃった

雪が降り始めるときに小袖に何か仕込んだような顔をして背中から声をかける
二回目の号令とともに鬨の声をあげる彼らのお気に入りのパン屋、ジャズ
あるいは国家、あるいはＣＤショップ、あるいは遅延した都市交通網でも良い
それらに大差はない
青は私を知らないし私は青を知らない
私は青を知って私を知ってしまう

さて、歩き出すことにしよう
私がここで伝えることは
大通りから二本目の路地に入ったところにある
料理店のメニュー表が黄ばんでいて
オーナーは明後日誕生日であり
彼の夢は生きて死ぬこと
それのみである
あなたと踊ることは

花を花として
声を声として伝えたあとの
残滓であり萌芽とも言える
恋愛の初期衝動である
恋愛の初期衝動以外全ての思考を停止せよ

喜劇

古い都市の始まりの話をしている
大河とは言えない河のうねり
嘘つきと騙されやすい人と花の似合う人
ホットドックと未成熟なまま摘まれる果実、形式美という美
予告された時間に始まらないホームパーティー

なぜなら老犬のため
僕らのバンドは6番目
スープはトマト味で休戦中のシェフ、傘、ラジオ、花束、香辛料専用ガラスケース
どこにでもあるような駅の駅前にも空があるだろう星を付け足しておきたい

旅人

走行している車内から祈りを供えてゆく
確かに溶けてしまったアイスクリームだ
2000年代と「あいつ」が転がっている
上手く言えないが君が都市だったのか？

あまりにも音楽的な

まだ覚えているか？
僕が伝えたいことは特になくて
去った緑道や去った駅の広場にいた
かつての僕らにお別れを告げるためだ
礼儀知らずだろう、別れを告げないのは
17から君は何を選び何を憎んできた？
何を愛し何を食べて誰と喜びを分かち合った？
返事はしなくて構わない晴れそうだね今日は午後から
天使は排泄をしたあと表参道から神宮前まで屈託なく笑って指を差すんだ「素敵、素敵だね」と。けれど天使は枯れる花束のこと戦車のことを知らない、夢は悪夢をたまに観る程度でキャラメルポップコーンが好きだからだ罪悪感なんてほどのものじゃないさ辞書に足すだけそうして傘をさすだけ僕は探していたすでに見つかっている「見つかっていないフリをしていた」例えば優しさ、例えば悲しさ、例えば喜び、例えば出会い、例えば別れ、同じような花の同じような色のわずかな迷いのような差異、駅前の蕎麦屋で話したまとまりのない話し、映画館のチケットの半券、すべてはやがて流れさる、そうしてまた会える、会えてしまうから、もうゆっくりと休んでいいよ、また橋の上で会おうよ

楽譜には描かれていない音

内臓の深いところに塊が蠢くような音が鳴っている、公園の外れの遊泳禁止の看板のように例え意味を成さないものだとしても何かすべてを分かっているような顔をしていることは出来ない、Cはベースを持って行ったまま革命家を信奉して戻っては来ない、「男爵」はひどく酸っぱい臭いがするソファに凭れて言葉を紡ぎながらＤＪは焦燥感のなか最後のイベントをこなした、つまりCは正直であった、なぜならCは、すべてのことに執着がなかったからだ、致命的だ、「男爵」は良い男だ、人間臭い男と言い換えても良い、それはCも認めるところだ、それでも僕らは「哲学」なんて持たないし「博愛」なんて求めていなかった

五分間で僕らは世界を作り上げていたころ見事に砲弾が飛び跳ねていたらしくC

は低音のグルーヴについて僅かに狂気を帯び始めながら語った、あまりにも手が白いと思う女性がいて彼女のことは誰も知らないというし、遠くから来たのだから彼女は「誰でも」なかった、そんなときに勝手に地上戦は始まっていたから、オムレツは冷めるし終電は逃すし、楽しみにしていたプレゼントは渡せずに泣いた、泣いた人、泣いた子供に折り鶴を渡して泣いた、これから渡すと言うテレビ番組の女性の白く細長い指、泣いた人を観ていた、僕らはずっと観ていた、観ていて泣いた、電車は「閉まっています」「閉めさせていただきます」と言ったまま動かない、Cは無理はしないほうが良いよな何もかもと笑っていたのだ、あなたには分かるか、私には分からない、誰にも分からない、し分かろうとすることを放棄していた

形の良いもの以外は認められない街のなか僕らは無駄なのか、家族揃っての夕食のときに、駅前で焼き芋を内緒で買ってきて喜ぶ、飲み屋の隣の席の知らないおじさんが五十二回目の誕生日で喜ぶ、つみれ汁なんか貰ってしまったりする、無駄なのか、そして他の人には伝わらない呪文のような言葉をこさえてささやかな

朝食をあなたと過ごす毎日を望んでいたのは無駄なのか

音が溢れてくる、落ち着いたアンビエントミュージックが流れている、手に触れると明るい音のなかにざらざらした粒のような輪郭をもつ音があった、気づいただろうか、これは楽譜には描かれていない音、春の季節に好まれる、僕らには本当は敵はいないのだから、だからその銃を持つ手を振りほどいてでも私はあなたに抱擁をする、柔らかい日々のなかのあなたと、朝、目覚めるたびに私は感謝をする誰も倒せない何も変えられなくても、金魚に餌をやるための生であったとしても目覚めるたびに人になれるならば構わないそれでも私は水のある街を歩いて行きたい、あなたはきれいな水が好きだから、そして俯いた時に水面に映るのうぜんかずらを指さすあなたの人差し指は白く細く長い

おもちゃの金のワッペンを胸に着けてもらって満面の笑みで園庭に向かう送迎バスのなかの子供の好きなパン屋の七回目の創業祭の記念の歌を唄うと聴いて、とても嬉しい音が聴こえる、街のあちこちに鳴り響いている

甘い踊り

（邦題の訳はおかしいと思うと彼女はつぶやいた確かに招かれてはいない来たのだ泣かされてはいない泣いたのだ）

緩慢な指の動きによってコーヒカップを口に運ぶことが数ある幸せのひとつになると気づいた日から踊りを踊りたい歌を歌いたいそして共に楽しみましょう。あなたもあなたもあなたもどうぞぜひ一緒に楽しみましょう。

たぶん、良いことばかりは起きなくてこのあとも辛いこと悲しいことは起きるのだろうけれど駅まで信号が全て青だったとか釣り銭が７７７円だとかそんなたまにある良いことはあるもの。例えば流れてゆく車窓はあっという間に過ぎてしまうものだけれど今あそこに行きたい誰もいない公園に誰も観ていない花のつぼみが今日咲いた。

書類の束から彼女への手紙を見つけてセリーヌの『夜の果てへの旅』について語りはじめた。そんな日は良くある日の話しで特別な日ではないよ。洗いたてのシャツを着たアルバイトの学生は穏やかな笑顔で僕らはその笑顔に救われたところがあるね。どちらからだったろうみんなみんな泣くことも赦されていないのかなという話しをして、けれど僕らは隣のテーブルの婚約の様子に耳をそばだてた。小さなくしゃみと拍手をしたのだった。おめでとう。中指にトリコロールのマニキュアをしていてキレイだと思った奇麗だとつぶやいた。

その時あなたは二十四歳の誕生日を雲と雲のあわいに雨傘を持って立ちながら仕方ないとつぶやき迎えていた。水たまりを避けるための甘い踊りを踊っている背中をずっと観ていた。

何も知らされていない駅の広場の観衆は苛立っていて僕はもっと大きな声や大きな腕を必要としていた。

きっと零れてしまうのだけどそれでも大きな声や大きな腕があればよりたくさんの人に触れることができるのだから。肩を抱く、抱きしめる、抱きかかえる、得意料理は一つ増えたよ。

でも、観てみろよあいつらを。苛立ったあいつらを。僕は好きなんだ。無責任とは思うけれど好きなんだ。理由は特にない。いつか寒くも暖かくも晴れても雨でもない昼下がりに路地を迷いながら一緒に飲みに行きたい。

彼女は歌人だからこそたった一首に託して伝えられはしないだろう、花の名前をふたりこれから覚えていけることの喜びを嬉しさを話そう。

やがて彼の頭髪が白く染まってしまっても、彼の肉体が衰えてしまってもパンを焼く彼の長い人差し指はわたしを簡単にぐしゃぐしゃに出来るのだからとふざけて言いました。真っすぐな眼で構わないと返して。構わない、誰が何を何に構わない。麻婆豆腐の作り方を調べていたら少し悲しいことと、とても嬉しいことを知らされて、きみはもうすぐ子の親になる。

Bの帰国

八十年代という共通項を錬金術士になれないラジオ体操皆勤賞と坂も階段も走ってやって来るから視聴覚準備室すっかり安く小さな記録媒体を入れたハイビジョンカメラを手に取り代々木公園に向かう青い自転車と揺れる荷台。それって今になっては嘘じゃないか髪は短かったしと語る口ぶりと興味も無いけれどクレープを左手に持ったまま。おかしくなっていたから少ししょっぱい空豆を召し上がれケンジ冷めないうちにきれいに撮らなくても良いのだから公園に鳩はいつだっている。

あなたは梅雨の合間の晴れた午前の小田急線参宮橋駅の改札口に向かうホームの半円のタイルのひび割れを進む蟻のその蟻の序列を考えるクリームメロンソー

ダーを飲み干して螺旋階段の木造手すりの色褪せた色と同じスカート。

ローリングストーンズが好きだったでしょうBはローリングストーンズを今でも愛するシャツを着たまま南北自由通路を行き来しているときに会えたハムエッグに黒胡椒をたくさん振りかけるBのあなたの中指だけ長い手をデッサンする二日に一度デッサンする噴水から名画座まで青梅街道の白い服の人から（雨は降りそうだったけれど降りはしなかった）赤は出ないボールペンを何かの記念に貰って古本屋を出たあとにもう一度会えるなんてここなら少し風は柔らかい喫茶店の隅。Bのベース弦は気分が良いときのカナダ製日本製も今はなかなか良いんだ俺のトマトをこっそり食べてはくれないか（それにしてもチャッピーは考え過ぎていると最後にチャッピーを見た商店街の服屋に並びながらチャッピーに言うか言わないか迷った）今になってみればね。

シーン13「埠頭での困った三人」タチバナの代わりに公園管理人にたしなめられる美容院に行く時間はない深緑色の髪ゴムと留学先では洞窟内で石琴を響かせ

る役割を貰ったから今朝あなたへマラルメ詩集を送ります。

単調なリズムを刻むのではなくて複雑な8ビートに乗って急行通過駅の待合室にべっとりと付いたガムと（それをなんとか取ろうと思う）高架駅から見おろす桜の木はなんだ生きているのかなかなか悪くない見ろよここからあなたの好きなものをあなたは指に触れられるはじめて触れる和紙と扇子を土産にする西洋人の通訳「奇麗な美しいかわいい手紙」を手に今日から明日へと向かう文具店にはもったいないほどの光の粒を浴びた便箋を買うために生まれたこの千円札。

話すことは乾いた和菓子の前で手短にあなたのジャーマンテクノの変遷であるとか猫好き店主の過去であるとか正しい蜻蛉の獲りかたなんて一度も教わらずに網のなかでもだえる蜻蛉を中指（あなたの中指は）鞄に入っている皺だらけのスポーツ新聞の今度の週末は温泉でも行こうあなたと温泉でも行きたい。

石の貨幣を大切にしているひとからのカーディガンと中世の領主の叶わぬ恋の話

しは担々麵大盛りと普通のお客様お待たせしました気取ったBは戻らなくて良い
雨になりそうだけど郵便をきちんと両手で受け取ろう駅前の潰れたパン屋は潰れ
ていなかった明後日からもう一度パン屋は開く私はとても嬉しいバターの焦げる
匂いを忘れない八分音符を遅らせないあなたに着いて行く相変わらず変な服を着
て交差点を左に行った先の階段をあがったところの金属加工工場の敷地から手に
掬い取れるような街を見渡してそれからこれはずっとあなたに渡したかったもの。
とって　あなたにとってのあなたのいる日々は
あなたから順に

何度も動物となって繰り返すたびに嘘のようになってしまうから季節外れの花火
や観覧船や電信柱の広告すらあなたに求められていた決まって駅前の広場から住
宅街の路地に行く時に紺のパーカーの袖口に手をしまい込むようにして

あなたから順に色になりなさいはにかみながら空との境界に沿って手をつないで

歩いたわずかなひかりだけれど色をまとっているのを知っているから歩道橋から
僕らはひかりを束にしてばら撒いたあと立ち上がりやがて余韻を残して消えてゆ
く傷口とは言えないけれど確かに触れれば疼きはじめる

灰皿と蛾の死骸と美しい誘い文句のために天窓から光は注いでいるわけではない
けれど僕らは何かに取り憑かれたようにその様子をずっと観ていた夕食の食卓の
家族の話題として生まれ変わるウサギの親子のことでも良いし山村を通り過ぎる
一瞬の車窓のそのどちらでも変わりはなかった

そこには強固な意志が感じられた秋深い日に吸い寄せられるようにして変わらな
いことが恐ろしいのかそうでないのか誰にも知り得ないことを雑貨屋で冗談とし
てもう一度交わそう

振り返るとねえこんなに積もっているよお米を買って帰りましょう滑りそうにな
る階段から足を伸ばして夢占いの花屋の駅前の広場のバスのバス停の教室の青の

鉛筆で走り書きをした海岸までつまずきそうになりながら駆けよる再び僕らはあなたの名前を思い出すことができるから嬉しい

ラヴェルの流れる白くちいさな部屋でホットサンドを頬ばる小雨から雨もう少しだけ雨は続いて欲しかった左側に僕はいつだっているからどうやらあなたは忘れ物をしてしまったみたいだね抱きかかえるようにしてリュックサックを持つ少年は三番線に急いでいるから慌てなくてもいいのに僕たちもそろそろ行かないとならないだからいずれまた僕たちも向かうからゆっくりと会えるよ

白色のまち

やがて実ることになる果実を踊り場から見ている火の破片わすれないように結びつけたリボンの片隅を持ってこんなになるほどに待っていただけたのでしょうか挨拶を交わした朝のひかりにひまわりの髪飾りをしている人がフロアにいるアンビエントミュージックの鳴るフロアに懐かしくはないものでしたか鈍色のおもちゃの銃を手にいだいてテーブルに置かれている乾燥させた木の実に触れてみる口にしてみる誰もみていないのに微笑んでみる失礼あれは鳩時計ですか誰かが今夜誕生日のようだおめでとう外はあいにくの雨

椅子に腰かけてみる海図は風に揺らされて薄いアルコールの陶器のコップの緑道の道祖神のナップザックのなかにまで見つかりはしないのに指揮者のFは色を幾

度となく重ね合わせた暖炉のまえに立って祈りのまねごとをするだろうおそらくその時まで帆船は待ち合わせたときの目印としてレコード三十回転のレコード

甘くはないぱさついたクッキーを含めば星ひとつない空のしたのカフェあなたはもう言うことはないのでしょう南アフリカ喜望峰からジブラルタル海峡までそして英仏海峡を渡ってスコットランドまで共にすることになった寝袋の飼い猫の名前はラテン語で?

臨時ニュースは僕らにとって困らせはしないだろう導入部の装飾音を多用した管弦楽組曲の彼はセーターのほこりを取りながら海を往くことに思いを馳せている遠く口笛はゆるくそして人差し指と親指を意味もなくこすり合わせほんの一年だけれどこの美術館この博物館いまのうちに手渡しましょうこれは砂金とてもちいさな粒みぞれだとしてもあなたにとって雪ならば見せてあげたいこうやってひとつの折り目を直しながらコートと帽子をお忘れないように寒くなります時計を巻き直せば良いと教わって雨は雨ですかそうかまだ雨ですか雨は止みましたかそう

か良かったねえ良かったよ

まちとして生きるだなんて冗談ばかり飲めもしないのにそれなのに花言葉を学ぶことや星座を教わることには違いないけれど映画監督から貰ったなにかの骨と花の種そしてかたちの良い丸いナイフから出演者は並びながらとくに何も求めないまま流れてゆくものをあまり嚙まずに飲みこむんだそして決まって言う若いとか遠いとか近いとか足りないとかそんなときにオマエはどうしたい小さな目を大きくしながら踏切踏切踏切ここは長いから公演のチラシを刷って持っていこう今日だけは吸ってしまいたい坂道にオレンジ色はこぼれてしまった夜の道にオレンジ色をみんなで拭きとりましょう急いで見つかることのないように見つかったら踊りましょうあまり上手くはないけれど話さなくても元気にしているはじめましてこんにちは火曜日のひと話しながら帰るときにねえいつまでピアノの前に座っているのですかもう電車は来ています赤いイヤホンこれはとても良くて古い音楽雑誌これもとても好きでこれはお勧めこれは悲しいバカみたいに面白い一度聴いてみると良い写真は苦手じゃあ一枚ピース坂のうえに白い綿のようなものがあって

指を伸ばしたり肩を組んだりふざけながら触れたいわけではないけれど触れてみたいときがある

ロックンロールは死んだらしいよ

僕たちが注文したミルクセーキが届き隣の席に座った白髪の紳士の帽子が風に揺れた時はもうロックンロールは死んでいたらしいよ
僕はときどき君に難しそうな顔をして伝えるのだけど君が里芋の煮っころがしを旨そうに食べている顔を観ていると何となく僕の全てが肯定された気になるのだでも少しだけ里芋に嫉妬しているかもしれない
慌てて帽子を取りに席を立ったけど今日は風がいつもより強くて帽子は腰の高さまで舞い上がって意志を持ったように泳ぎだしている白髪の紳士は楽しそうだね
ロックンロールが好きだ僕はドラムやベースやギターという言葉が目に飛び込んで来ただけで舞い上がってしまうのだ何も鳴っていなくてもね

死んでしまったロックンロールについて僕は知らないし何故死んでしまったのかも分からないけれど指先で触れて確かにここに存在した事その温度を確かめてみたいと思っているのだ例えば昨夜の暴風雨でなぎ倒された樹木の表皮は割れて白墨を燻らせたような色をした内部は剝き出しになっている
指先で触れると湿った土が付着しズブズブと六ミリ程弾力がある内部へと指は進んで行く
君は何故か唇を確かめるように真一文字にして感情を零さないように指先を枝の内部へのばし僕の「共犯者」になる
家に帰りギターをアンプに繋いでも木の内部の湿りを音で表せないのだね表す必要はあるのだろうか君は僕が真剣な表情をしているのは曲作りをしているからだろうと思っているのだろうか
学生街の定食屋で僕は日替わり定食を食べる名物おばちゃんはいつも元気で僕が生まれる前から使っているのだろう木机は醬油やソースの染み何かをぶつけた傷があり古い扇風機がカッタカタと回り続けている
メンチカツの肉汁が口中に溢れる時に人生の幸せを感じるのだ気が置けない仲

間と旨いものを食べる時間が永遠にあれば他に何もいらないと大げさに考えている

駅前の並木道のゆるやかな下り坂を降りて行く紅茶の葉っぱを二ケースとチーズを買って帰ろう石段を昇る時に左足でリズムを刻もう蜂蜜屋で新しい蜂蜜を買おう中央線の高架下に出来た新しい古本屋へ行こう外来の珍しい植物がある植物園へ行こう入った事の無い常連客が大勢いるような居酒屋に行って「最近の若いものは」と言われよう海外の高校生が暇つぶしにやっている無名バンドを探してそのロックンロールの初期衝動への匂いを嗅ぎ取って共有しよう音楽フリーペーパーを作っている人の個展に来ていた人の友人が作る映画に出ていた人が作るお好み焼きを食べに行こうベースの弦を替えよう早めに替えよう洗い終わりシンクの上に干したまな板からシンクへと垂れている水の粒がはじけリズムになっている人類がかつて原始人だった頃を思い浮かべている

火の爆ぜる音に動揺し興奮し風吹きすさぶ下で明日の天気を思い互いの手を叩き伝えあい湖の水面に雨粒がこぼれ落ちた時に大切な人に想いを告げたのだろう

ロックンロールは死んだらしいよ

もう僕はそんな事はどうでも良くて
君といられて嬉しいって思っているのだよ

ロックンロールは死《し》んだらしいよ

著　者　山崎《やまざき》　修平《しゅうへい》

発行者　小田啓之

発行所　株式会社思潮社

〒一六二－〇八四二　東京都新宿区市谷砂土原町三－十五

電話〇三（三二六七）八一五三（営業）・八一四一（編集）

ＦＡＸ〇三（三二六七）八一四二

印刷所　創栄図書印刷株式会社

発行日　二〇一六年十月三十一日　初版第一刷

二〇二三年六月三十日　第二刷